ぼくのブッダは祈らない

犬伏カイ

思潮社

ぼくのブッダは祈らない

犬伏カイ

思潮社

目次

装画＝高橋千尋
装幀・組版＝佐々木安美

ぼくのブッダは祈らない

犬伏カイ

叙景詩

1

このへんの雨は海の匂いがして
海藻に似た苔が生える
行き過ぎた高架線の下に
野墓地がガレージとならんであった
名前に首のついた用水が
水嵩を増している
踏切はいつも突然鳴りだす

列車のくる間、おまえは自由だ——
窓ガラスを閉めて、ほら
固いものとやわらかいものをまぜるのはこんなにカンタン
されば、道を川に見立ててもかまうまい
おれはインディアン・カヌーがすきだ

2

陸《おか》にたつ鉄塔が
古代の遺物のように見える
向こうが海で、向こうが山だ
笹のこぼれる岩肌の
角を曲がると
極楽鳥のような自転車乗りが
すべっていった

3

ハナミズキなど植えた
新興住宅地
三美神でも、三魔女でも
ないものたちが
きょうもそろって立ち話している
一人にべろりとぶらさがる
ピンクのおくるみ――
それがあんまりなぴん紅なので
おれは乳白と緑をこきまぜて
ロー、ラン、サン、と呼びすてる

4

信号はまだヒンパンにある
渋滞にかかると
おれはちょっと浮いて
低い空から車の列を見下ろす
みな同じ方向をむいて
別の場所へ向かっている
昔、山間《やまあい》の切通し
あまり遠くを見てはいけない
さらわれるから

5

田んぼの水はとうに張られ

たけの子売りはきえた
早苗だかなんだかの間で
もうすぐカエルが鳴くだろう
昼の月はもちろん見えない
(どこかで糸を吐いている)
草が白い腹をみせて波うち
カラスとトンビがふえてきた

6

広がる河原に
散らばるゴミたち
捨てたのか、失くしたのか
思いおもいの姿態で
忘れられている

同じ枝ぶりの木は一つとしてない
ころがる石も、ゴミでさえも
万物はくり返さない
万事もまた
瞬々の間に間に……

7

畑の真ん中に棕櫚があるクニをおれは旅してきた
山という山のすそが竹林で
竹林のあるところに人里があり
モンペ姿のおばあさんが野良仕事していた
あの婆あの×《ウン》十年前を想像する
おれの好き心
棕櫚の葉をば冠挿《かんざ》して

オー、シュロシュロと忍びせん――
（アンタ、ホントニ　アンタカイ?）
（ソウダ　オレダ、カエッタゾ）

8

海の見えるホテルで
海にふる雨を見た
湖のボートから
水面にはねる雨を見た
雨の中、川で水上スキーをしたこともある
波紋は水たまりや運河で見る
雨が水に落ちるところ
砂時計をおもう
大きな水の砂時計――

オイ、天地眼のカヌー乗り！
たしかにインディアンなおまえよ、
雨で時を計るというか
上下をどうひっくり返す？

9

水の上に葛藤がある
いや、そのかっとうではなくて
くずや藤――
若い蔓の喊声《かんせい》が、蒼いドームを噴き上げる
虚《ソラ》にのびる葉のうらの
ケモノ道をつたって
青黒いカミが下りてきそうな
この草いきれ、息、匂い

10

ジャングリア！　ジャングリア！
おれは大きな花も葉もこわい！
止まっているものがじつは動いており
動いているものが止まっている
動物が植物であり
植物が動物である
ぶん回して見る地球儀のように
周《あた》りが迷彩にうずを巻き
カヌーはちいさい点になる
ジャングリア！　ジャングリア！
おれは大きな花も葉もこわい！

11

まるでキャンプ場へ続くような上り坂
──おれは、ダム湖は見たくない

12

ふいに近く、と胸をついて
鹿威しの空砲《ドン》が鳴った！
眼のうしろに穴があいた……
（鼻一杯、息を吸いこんで）
そのトンネルを前に押し開ければ──
雲の切れ間にでもはいったか
ここだけ条《すじ》を引いたように明るい
あくまで黒いこの川の水に

空がまだらに映っている

13

おれにはおれの雨の木があり
その木は倒立して雨の葉をたらす
おれにはおれの雨の木があり
その木ははためいて風の枝をのばす
おれにはおれの雨の木があり
その根はおれの頭から生えている
懐かしいような蚊帳の中
鈴音がする雨脚を
押し分け、捲り、めくり、くぐる
三千大千《みちおほち》世界のアミダくじ
斑の目はまだらのままに

それでもやはり明るい方へ
それでもやはり暗い方へ——
よかろう、おれに異存はない

14

曇天の幹に片《かた》がって
うどんげの虫たちよ、翔べ！
粒の火は盲雨するがよい
たまきわる
破鏡のモザイクの中で
メルとネル*が
波の華を追っている
多分、ここはうまし世の
合戦場《かっせんば》であろう

そうすると、川は旗川――

15

尾根の梢をはねるもの、あれは
ほとんど、金か銀
指さきで振れるやじろ兵衛
ここらで舟を乗り捨てようか
道端に犬のように坐って
見下ろせば、倒木のころがる早瀬は
鱗のようにしぶき
見上げれば、霧が
（犬は霧の匂いを嗅ぐ）
ほんとうに龍のように川を遡上っていく
きっとこの上に滝があるのだろう

そして駆けだす……

16

轟々ととどろく音の中に
ひずみがあり
むすんではひらく
むすんではひらく無数の掌《てのひら》がある
それがいっせいに爆ぜるとき
河床が裏返り――
引き出しを開けたようにひらける台地
柵の上にとまった山鳩に見られ
その眼の奥に
石積みの民家がつらなり
くろぐろと噴煙が立ち上る

17

山よ、鎮まれ！
おれの耳はいま、朝のように驚きやすい
生まれたばかりのような
湯気を吹きはらって
風が青野を割っていく
滲みでる太陽のパゴダ・パゴダ
回る水車《みずぐるま》
茶葉が雲をツンデオレーリ
見よ、牛の鼻を舐める牛がいる！

＊メルヴァルとネルヴィル。ハーマン・メルヴィルとジェラール・ド・ネルヴァルをかけ合わせたことばの子供。

讃ヴェロニカ

その耳は足の指であり
手の指は舌である
その口は開いた眼であり
鼻は落下傘である

足のあいだに首があり
両手の向こうに髪がある

そうして野ウサギのように跳ねながら

蜘蛛の形で相食んで
やがて手足も邪魔になる

だがヒトよ――
おまえはケモノや蟲になるだけではまだたりず
造化の木をつたいおち
ジュラ紀
白亜紀
カンブリア……
初生の海へ
アメーバの海へ還ろうとする

その長く伸びた胴体は
飴色の鏡であり

そこに映るのはかつてのヒトの痕である

水に映る火のように
溶けるガラスのように
ゆらめきしたたる騙し絵の
歪像はとてもセクシーだ

こんなところに白目があり
あんなところに黒目がある

吸殻の落ちた水たまりのなかに
街の壁のケロイドのなかに
尖った枝にひっかかって
見知らぬ女の首のつけ根から

古い端切れの紋のあいだから
鳴る浜の鳴る石のなかに
鳥の落としものにまぎれて
ふと嗅いだ妊婦の匂いのなかに
這う虫のように轢きつぶされて
石化したウミユリのなかに
(その足もとにアンモナイトが蹲《うずくま》る)

ああ、真の像《ヴェラ・イコン》よ!
ぼくは見られて立ち止まる
そして
泣いているような
笑っているような
懐かしく滲んだ染みのなかに

ヴェロニカよ、
ぼくはどのあなたを見るのだろう

文身

ぼくはこの白身の肌をいつくしみかつ憎む
青い静脈の浮いたゼリーのような皮を
もしもぼくが南の島の銛打ちであったならば
ぼくは彫った、ぼくの愛する強きものを

海蛇は太い帯となってぼくの腰に巻きつき
くびすの上には飛魚が飛んだ
大蛸がぼくの肩を抱いてのたうち
鋭い鮫の歯がこぶしを縁どった

狩り捕った敵の首の数珠をぼくは胸に飾り
（おお、きゃつらのなんと美しかったことか！）
腹には火と燃える花が咲いた
花弁のあいだからは女達の舌と指がのびて
ぼくの精をくすぐり
その熱い濡れた髪の落ちかかるところ
たくましい腿にぼくはヨロイデの硬い鱗をあしらった
そして背中には大イサナの蝶の尾びれがおどり
噴き上がる星の夜光虫はしぶきと散ったぞ！

ぼくはさながら引き絞った弓のようだった
そしてその弓は、ぼくの心を
太陽に放ったのだ——
夕陽がぼくの前にあった

黄金の照り返しが油のように海を凪いでいた
太陽はいつものように翼を一杯にひろげ
赤い水平線のかなたへ羽ばたいた
その時だ、ぼくは見た
太陽に「形」がないことを！
それは一面にぐるりとあった
皮も鱗もなく、剥き出しで
すべての上に伸びひろがり
ありとあるものに触れてそれを象《かたど》りながら
しかも、それはそれ自身で一つの太陽だった！

何かがぼくの中で爆発したようにぼくは焦がれた
太陽のようにこのぼくを脱ぎ捨て
太陽のように、ぼくがぼくであることを——

ああ、ぼくという伽藍の虚しさよ！
ぼくはその時はじめて羞恥した
ぼくに徴《しるし》がないことを
ぼく自身の束縛でしかなかったぼくの愛を！
網にかかった魚《ウオ》のように
ぼくは身悶え、体をまさぐった
そして唯一つあいた白地のてのひらに
ナイフを、突き立てた
が、形なきものを彫るすべはぼくにはなかった……

昔なら体に彫ったものをぼくはいま、紙に書いている
今では紙がぼくの皮膚で、紙のぼくの前途は白い
かつて見た徴をしるすすべは今もぼくになく
不可能につかれたぼくは、たわむれに

虫のような文字の動きの止まった紙を手に取った
そして折り紙の鶴を折るように
折って、折り重ね、にぎりつぶし
ひらいて、目を閉じて
指でその皺の稜線をたどる——
そうすると、ぼくはぼくの崖に出て
(一瞬より少しだけながく) 宙に泳ぐのだ

長い柵

柵のある風景が好きだ
どんな柵でもいい
遠くから見るのでも
近くでそれにさわるのでも
打ちこまれた杭の刺さりぐあい
そそけ立った樹皮の感じ
あるいは燻《いぶ》したその黒のなめらかさ
おれは惚れぼれする
たとえそれに鉄条網が張ってあっても

たとえそれが鉄格子でも
隙間がなくて向こうが見えなくても
おれを苛立たせても——
（例えば、この電柱に電線だ）
柵は塀でも壁でもない
嫌いなものをおれは好きと言う

柵のあるところ道がある
犬は柵に沿ってあるく
柵の間をくぐり
また柵に沿ってあるいてくる
そのように、おれも柵に沿ってあるいていると
柵の向こうとこっちがわからなくなる
（そうよ、景色など信じられるか）

どっちを見てもおなじように
おなじような柵が幾重にも伸びて
それはこの柵が続いているようでもあり
そうでないかもしれない
確かなのは、おれの
行くところ柵があることだ

おれは宙に手をのばし
柵の列《つら》なりを撫でていく
時に、濡れたつめたい
犬の鼻のようなものに触れて
ビクッと手をひっこめるが
時に、その手をやわらかく握りかえすものがある
ぼくらはさまざまに手を握り合う

そうして指をからませて
糸を引くように手をはなす……
そんな後は、しばらく
(また柵の方に手をのばすまで)
おれはポケットに手を突っこむのだ

おれは何をなんにでも見立てることができる
さしずめこの杭など
おまえの詩行だと
言いたければ言うがよい
(ひっくり返せば
心電図にでも見えるだろうさ)
だが、おれがほしいのは臍だ
へその緒だ

舌を尖らせて差しこみたいような
宇宙の根の穴だ
この柵がおれの作であるならば
おれは外してばかりいる
どこまで行っても同心円だ
この柵にらせんなど
のぞむべくもない、わかっている

手相見はじぶんの手の皺を見て
ふと指紋のうずに迷う
手相見でないおれは
羊水に浮かんだ胚を見る
胚がふるえて割れるごとに
縦に横に条《すじ》がはいり

格子の目がつめばつむほど
管が伸び、臓が分化して
そうして命のかたちに囚われて
命となる、おれは
もがき、笑い、自傷して
細胞格子をほどく夢をみる
（ああ、糸になった犬が吠えている）
だがおれは、この柵を
縦横にめぐらせて
格子を鎧って生きるのだ
それは柵という柵があるところ
おれが柵でないものを見るということだ
ほら、乱杭に長い影が伸びている
おれはその影のあたまを

跳んでいこう
尻っぽのように立てた
人差し指に
犬の遠吠えを巻きつけて
空に解ける、その遠吠えをこそ

斑《ヒョウ》

よっ引いてひやうと放つ――『平家物語』

昔、ヒョウモンを斑文と覚えたせいで
ぼくはいまでも斑の字をヒョウと読み違える
斑はまだらでありハンであるのだが
同時にヒョウでもあるのだ
よって、ぼくの放つ矢はヒョウと斑に放射する

ヒョウは豹であり
飄、憑、兵とヒョウ変し

造化の斑に躍りこむ
オヒョウという音さえぼくには親しい

扇子の要《かなめ》を射ちくだき
羽根と骨とを飛び散らし
それは世界の地《ぢ》と図をかきまぜる
痛みと光を錐揉んで
迷彩の斑文を炙りだす

と、動きだす！　と、回りだす！
海獣のような腹をのたくらせ
サバンナの棘の木がこすれる音をたてて

地球儀の正しい見方を教えよう

地球儀は
こうやって
回しながら見るのだ

まっくら

ぼくはときどきまっくら闇の夢をみる

黒々と、吸いこまれるような
光の影一つない闇に
いつもぞくりとするが
ああまたかと思い出して、ぼくは——
両手で水を掻くようにして
宙返りする

上もなく、下もない
大きな穴のような闇に浮いている
無重力というのか
足に支えがないので
ぼくは腰から下を感じず
くらやみに手を伸ばして足を探る

そのかわり、体は溶けたようにやわらかく
長い長い足をつたって伸びる手は
爪先から踵《かかと》を撫でて
裏返り、そのまま背中へ伸びていく

闇に溶けた体は、手が
触れたところだけ

発光するようにあらわれる

思い出せないぐらい遠いむかし
こんなふうに
体を探検したことがあった

だが今、手が探りあてる体は
手をはなすと、消えていく
消えた体の記憶を追って
ぼくは尻っぽのある生きものとなり
怪体に身をくねらせる

きっともうぼくは
透きとおって

水のようなものになっているのだ
踊る尻っぽの上に手をひろげ
ぼくはそれを胸に抱きしめる

だれも見ていない闇の中で
自分で自分を追いかけて
遊んでいるように
くるり・くるり　回っている
そのものが、ぼくには
おかしくて笑えてくる
いじましくて泣けてくる

ぼくは想像する――
ひょっとして、この闇には

ぼくのようなものが
無数に、尻っぽをふって、
ひしめいているのかもしれぬ

ああ、だれかオレをもう一度産んでくれないか!

壜の中の火

形なき時間をくりぬいて
壜にはいった船が行く
船は巨きな眼のある帆船
バッタのような腹の
陽に焼けた男が乗っている
黒い巻毛とひげに白髪がまじり
額の皺はいわずもがな
不屈の無表情が
前方をヒタと見すえている

色ガラスを砕いて敷きつめた海に
海豚の群がはねる
吊るしたカモメが飛んでいる

これぞこれ
アカイアの知将
強弓の者
「憎らしい男」
かれは目指す
機織る妻が待つ島へ
父なし子の息子が待つ島へ
十二人の侍女たちが待つ島へ
否、行かすまじ――

海藻をぶちまけたように空がかきくもり
雷電のミズチが壜を、胴巻きにして
絞め上げる

敵はオデュッセウス！
火に集まる虫のように
飛びきたり、次々とガラスに張りつく
ぼくの親しき者たちが
吠えさけび、呪い、逃げる男を引きとめる
化けものに神がまじっている

その物凄い天井画に
恐ろしい眼と口たちの嵐に

だが壜の中のかれは気づかない

海豚の群がはねている
カモメたちが飛んでいる
止まった空間のまわりを
ただ時だけが回る

ガラスの御加護に守られて
ガラスの御加護に騙されて
「ぼくらの英雄」を乗せた船は行く
何かを想わせる夕焼けも
かれの心を動かさない

そしてむらさきの夜の艫《とも》に

ボッと原子の火が灯る
セイレーンの歌は聞こえない
聞こえるはずない

三体のサボテンに寄す

微動だにしない
風が吹いてもそよぐ葉がない
昼の星のように寡黙だ
星は宇宙を飛んでいる
大きな穴のようなしじまを衝いて
子供たちは重力と遊ぶ
熱いものと冷たいものと
それぞれにボールを捧げながら——
が今、その結び目は解けて

ウミヘビの神はむなしく打ち棄てられた
ぼくはおまえたちを
赤姫、白姫、黒姫と名づけ
赤い血と白い精と黒い胆汁をそそぎかける
おお、碧《みどり》のセノーテ、
ユカタンの花嫁よ！

むきだしの

それは木だ——その木は焼け焦げて
黒い骨のように
崖に傾いて立っている

ぼくはその裸の幹に手をついて
穴になった水をのぞきこむ

そこには枝のない幹だけの木の枝が映っていた

鈍色の水に銀の針のような枝が伸びて
その枝がみるみる（水藻だろうか）
芽を吹いてみどりに萌えあがり
そのなかから赤や白の点が浮かんでくる

それは尾を振って泳ぎだす
柔らかい葉をくぐり、身をくねらせ
甘えるように鼻をこすりつけ
かくれんぼしている

ぼくの愛した人達が、五色の魚《ウオ》となって、
青葉に鼻をこすりつけ
かくれんぼするように
水の中の木とたわむれている――

ふいに、ヒューっと喉が笛を吹き
頭上で葉むらがざわっと揺れた
遠い空から切り裂くような悲鳴が谺し
ぼくは号泣した

時に佇む

どんな海辺でも夕暮れになると沖へ泳ぎ出ていく老人がいるものだ
脱ぎ捨てたシャツは蟬の抜殻のように軽い
沈んだ夕陽は別の海を照らしているだろうか

流れる風景があり呼んでいるような小径がある
ほどいたリボンをもう一度むすぶように
山の辺に延びる道たちはどこかでつながっていないだろうか

夜の駅の構内で大きな水色の蝶を見た（蛾であったかもしれぬ）

蝶の羽は軽いが空気は重いのだ
少年のおまえなら石をとって投げただろうか

月は形が変わるだけでなく色も変わる
カマキリがカマキリの頭を齧る秋
砂利を敷きつめた空地に来年も青い昼顔は咲くだろうか

噴火口のふちをあるいたことがある
すり鉢の底に溜まった碧い緑青のような水を見て帰ってきた
帰ってきた、とても多くの物の名前を忘れて――

「何を考えているの」ときかれて何も考えていない
ただ閉めきった部屋に一つだけ開いた窓があり
白いカーテンがなぜ外へ捲れ上がっているのだろうか

俳諧

坂道を下りる自転車の童女のあとを追って駆けだしたくなること
追いぬきざまに「はやいね」と呼びかけて振り向かないこと
陽に灼けた石を拾って唇にあてること
しかるのちカーッと一喝すること
最初に出されたお茶は庭に撒くこと
酒、ビール、ワインの類も同様

好色な友を持ち人の匂いを嗅ぐこと
また来るといって馴染みをつくらぬこと

日に一度は道路に寝そべること
目を閉じて俳志をたしかめること（児を見張りに立たせてもよし）

無駄と知りつつ鉛筆や消しゴムに名前をつけること
ちびていくタズサに涙し横柄なミノリを叱ること

丈を十尺伸ばして掌《てのひら》で芒の穂をさらさらと撫でながらあるくこと
犬に吠えられて元の尺にもどりまた芒を分けて行くこと

まといつく人魂を蹴散らしておまえは行くこと、行くこと
雷とミカンと太陽神経叢が連結して回りだすこと

射干《しゃが》の茂る斜面に爪を立てて攀じのぼること
口にはいった泥を吐きだし残りは呑みこむこと

振り向いて足をもつらせ薮の中に転げ落ちること
空に浮かんだ子供たちを見上げてもっと高く吹き上げること
　　　　　　　　もっと、もっと高くと

本生譚

この暗い森をぬけたような市《まち》はまた暗い森で
通りの樹も建物も見上げるように高く
ぼくらはその底を徘徊している
街区と街区の間に断崖があり
ぼくはロック・クライミングしながら黒い太陽を見た
草の絶えた赤土に幾十もの頭蓋骨が露出し
そういうぼくも、ついさっき
小者の頭を膝蹴りで朱に染めてきた
だれもが誰かにつけられている

角を曲がって開けたところ
石畳を踏んで、影のようなものがやってくる
コート様のものを脱ぎ捨て
胴着があらわれる
女だ

飛びかかる、白い翼が空をおおい
爪のような脚が
ぼくの頬を裂いて地面に叩きつける
飛び散る、羽根と唾を浴びながら
ぼくは見た、えぐれたような翼の傷と脚の傷
恐怖にひきつれた眼を
(そのように灼けた板ガラスは割れる
投げこまれた火の中から

ぼくを映して)
だが、あらがう手は蛇のように
撓《しな》う脚に絡みつき、その尖った足首をつかむ
わからない、この鳥をひきずり下ろし
羽根をむしって屠るべきか
それともこのまま足首をつかみ、引くのをやめて
舞い上がってしまおうか……

生の半ばで夢から覚めて
また別の夢の中にめざめる——
このすべてが、すでにどこかであったような気がして
ただ、そのとき自分が何をしたか
ぼくにはどうしても思い出せないのだ

ぼくのブッダは祈らない

北半球で反時計回りにまわる台風は
南半球では時計回りにまわる
逆S字のアナレンマ
その両目に指を突っこんで
左右に引きのばしたら
地球の大きな耳朶《ジダ》ができるだろうか
その耳と耳の間のビンチュウ〔眉ん中〕で
キノコ雲があがる
〔キノコ雲があがるところ

どこでもビンチュウである）

ぼくは庭で鶏《とり》を追っていた
綿帽子のようにふくらんだチャボの雌を
ふわりと押さえつけ
抱き上げる
その暖かい空気の玉が
黒い子供の頭に変わる前に
ぼくは眼を閉じた——

その眼を押し開き、つまんで
掌《てのひら》にのせ、ころがし、
見えるものを見せる覚者《ブッダ》

飛行機がトンボ返りするのをぼくは見た
　ぼくの誇りとおまえの恥が
　こんな火の子《ヒノコ》の蓮華を咲かせ

月と太陽がぶら下がる
青い地球の耳飾り《イヤリング》
その女のような額がひび割れて
地蔵の頭が鉢割れる
そしてその頭の中から頭の中から
頭、頭、頭が迫り上がり、迫り出し、融けくずれる
暈《かさ》のひかりをぐっしょり浴びて
でろでろと

ぼくは草の伸びる音を聞いた
蛍が声をかぎりに鳴いていた
ぼくは泡のようにはじける
種子を胎《はら》に抱いてねむる土だった
その胎を仰向けに切り裂かれ
ちらばって
鉄とガラスと灰の溶融物《スラグ》の中に埋まった
ぼくは土に戻れない
こんな浅ましいものとなって
つぎは何に生まれ変われようか――
くらやみに向かってぼくの声がいう
見て見てと

その黒い穴になった眼をつまんで
掌にのせ、ころがし、
見えるものを見せる覚者《ブッダ》

ぼくはふりそそぐ真昼の星たちを見た

　おまえの誇りとぼくの恥が
　こんな花火の蓮華を咲かせ

地球は回る
（ぼくらを乗せて）
夏の子供たちの合唱が
空に溶け地に融ける

その空の中で頰づえをついた
地球の首がいまカクンとおちる
花が時ならず萼から落ちるように
軌道のねむりから覚めた独楽は
地軸を思い切りかたむけて
右に左に腰をふる

ぼくはおまえを追いかけた
そして迷わず絞め殺した
なぜなら、ぼくはもう死んでいたから
死んだのに生きていたから——
首すじを風に巻かれて
おまえは振り向く

ぼくの知らない怒りに燃えて

その燃える眼をつまんで
掌にのせ、ころがし、
見えるものを見せる覚者《ブッダ》

その眼の中にぼくがいた

　ぼくのおまえの、おまえのぼくの、
　誇りと恥と誇りの恥が
　こんなうず巻く蓮華を咲かせ

堆肥の山のてっぺんで雉子が雨にうたれていた

蚕のいる家でアシナガバチに刺された
子供たちが石を投げて通る家があった
橙《だいだい》色のパンツをはいた海ガメの父の頭が見えなくなった
牡丹に顔をくっつけた子が
鼻のあたまに花粉をつけてふり返った
（その口が何かいっている）
影法師が不機嫌そうに石を蹴った
ブランコに犬が乗っていた
栗の花が咲いて屋根に登ることをおぼえた
たばこやの店番をして嗅いだ匂いは
バージニア葉の匂いだった
これはだれが見ている思い出だろうか？……

キノコ雲はあがりつづける

（顔中いたるところビンチュウである）
噴き上がる
脳みそに似たそのけむりの中に
白いイルカの頭のような
大きな胎児の頭がうかんで見える
まだ尻っぽのある
地球のいのちの思い出のように
大きなトカゲ
大きな魚
みんな頭から融けている
時どき稲妻がピカリ・ピカリと光る

ぼくのブッダには頭がない
眼もなく鼻もなく

頭の蓋が吹っとんで
厚い唇の上がぽっかり宇宙に開いている

そして地球は黒い雨の糸におおわれた

　ぼくのおまえのぼくたちの、
おまえのぼくのおまえたちの……
誇りの恥の、誇りの恥の、見ろ、恥ばっかりが
こんなこんなのこんなを咲かせ！

黒い糸玉の地球が回る
黒い雨の糸を巻きつけて

糸はからまりもつれ合い
生きた髪の毛のようにうじゃうじゃと
ほつれかつ纏《まと》いつく
なんとふりやまぬ雨だろう
なんと醜く悶えるような回転だろう

月も太陽もどこかに消えた
見上げる空がないから
昼も夜もない
なんの音もしない
時が止まったような沈黙の中で
黒いガスにおおわれた暗黒の星が
どす黒い悪意のように
ただ音もなく

ふくらみつづける

その毛羽だったけむりのような糸のさきに
ねばつく糸のようなけむりのさきに
さらにからみつくものがある
死んだ虫にたかる蟻のように
だが青白くかがやいて
それは手だ――ブッダの頭の溶けた宇宙から
無数の、掌にぼくらの眼が開いた、
ブッダの千、万、億の手が
闇にのびる幻肢のように
転げ回る地球に向かってのびて
取り囲み、光る輪になって回りだす!

ブッダの手の糸車は回る
編むためでなくほどくために
ぼくらはもつれる糸玉の糸をつかんで引く
地球は狂った独楽のようにおどる
絹のように細い糸は切れ
鋼《はがね》のように太い糸は
ぼくらの手をつかんで引きちぎる
糸を引く、糸は切れる、手がちぎれとぶ
だが、開いた眼のぼくらは
手のぼくらは
逃げる糸をつかんで引くことしかおもわない
ブッダの糸車の車輪は回る
ぼくらは飛ぶ

一点に
ぼくらそれぞれの思い出を見ながら
ぼくは草の伸びる音を聞いた
蛍が声をかぎりに鳴いていた……

あとがき

七年前（二〇一六年）に、ロシア文学でつながりのあった詩人のたなかあきみつさんを通じて、詩誌「repure」および「09の会」の同人に加えていただき、詩を発表しはじめた。

その時すでに四十九歳になっていたが、その前の数年間没頭していた先祖調べの思い出に、父方の武田家が江戸時代にそこで修験の寺の不動守をしていたという栃木県佐野市犬伏町にあやかってペンネームの姓とし、それに戒名のつもりで「迦意」（カイ）という下の名まえをつけた。

私の先祖調べは何も確たることを明らかにするには至らなかったが、その長い時間旅行のなかで、例えば「散道全願」という戒名を持つ者がいたことを知った。道ヲ散ラシテ願ヲ全ウス、と読むのだろう。この文字を刻んだまだら色の墓石を見て、私はもう一人ではないと思った。

熱にうかされたようだったその異界への旅がいつの間にか終わったとき、その空隙にすべりこんできたのが詩だった。私は耳を澄ますように書きはじめた。私はおそらく、先祖をきっかけとして、自分のなかに自分より大きな井戸を掘ったのだ。私の記憶を超えた記憶の深淵は、私をひるませ、また鼓舞する。なぜなら私の求める世界の意味は、やはりそのくらがりの奥にしかないだろうからだ。
ちなみに「迦意」は、意ニ出会ウ、と読ませる。

本を出すきっかけを作ってくださった細田傳造さん、初心の私を言祝いでくださった中本道代さん、作品にぴったりの装幀を仕上げてくださった栗売社の佐々木安美さん、装画の高橋千尋さん、そして詩の選択から配列まで詩集をつくる面白さを教えていただいた思潮社の藤井一乃さんに心より御礼申し上げます。

犬伏カイ

略歴

犬伏《いぬぶし》カイ
一九六七年栃木市生まれ。詩誌「repure」同人。
本書が第一詩集。

住所　〒九三〇‐〇一三八　富山市呉羽町五〇四四―一　武田方

ぼくのブッダは祈《いの》らない

著者

犬伏《いぬぶし》カイ

発行所

株式会社 思潮社

〒一六二-〇八四二 東京都新宿区市谷砂土原町三-十五

電話〇三-五八〇五-七五〇一（営業）

〇三-三二六七-八一四一（編集）

印刷・製本

創栄図書印刷株式会社

発行日

二〇二三年六月三十日